KB263067

마음

석성우 시집

土房

시인의 말

나의 마음은

담아도 담아도 채워지지 않고

비워도 비워도 비워지지 않는다.

오늘은 정월 초하루

그래서

마음이라는 꼬리표를 달고

이렇게 낙서를 한다.

혹시라도 하는 시건방진 마음으로

글 쓴지 십년 넘어 책을 낸다.

2012년 3월 1일

석성우 합장

차례

차례

마음

마음 · 1

마음 속 즐거움과 괴로움이 함께 있어
그 마음 잘 다스려 행복을 얻고자 했다
따뜻한 마음 씀씀이 내 운명의 두 갈래.

마음·2

허공에 길 없듯이 마음에 길 없나니
길 없는 길 위에서 길 잃은 나그네들
스스로 마음자리에 등불 밝힌 삶의 길.

사랑할 때 분홍마음 미워할 때 검은 마음

시기할 때 찢긴 마음 질투할 때 구긴 마음

갖가지 마음 나툼이 제 운명을 만든다.

마음 · 4

이 세상 제일 큰 것 바다라고 했다

세상 밖 제일 큰 것 하늘이라 이름했다

바다도 하늘도 말고 그 중 큰 건 우리 마음.

마음 · 5

세상 제일 빠른 것이 빛이라고 여겼었다
그러나 빛보다 빠른 그건 바로 우리 마음
그 마음 함부로 쓰면 순한 역사 거스른다.

마음·6

칠통(漆桶)보다 어둔 마음 아랫목에 세 가지 독

때로 울고 때로 웃어 그 마음 물결 따라

한 생이 저물어간다 불행 사슬 이어진다.

마음 · 7

접을 마음 어디 있고 펼 마음 어디 있나

본래 없는 마음 공연히 있네 없네

가없는 푸른 허공에 구름 한 점 떠간다.

마음에 마음 키워 큰마음 자리한 곳

밝고 밝은 따슨 마음 하염없는 큰마음

누리를 다 덮고 남을 대장부의 그 마음.

흔적 없는 마음자리 큰 바위 안고 있어

스스로 못 이겨 신음하며 울고 있다

그 바위 가루되도록 그 고통 어쩔까.

흰 마음 검은 마음 작은 마음 큰마음

어디에도 없는 마음 경계 따라 일고 진다

여보게! 마음 잘 간수하면 그게 바로 참 삶일세.

모양 없는 마음속에 검은 칼 숨어있다

스스로를 죽이고 그나마도 모자라서

역사에 핏자국 남기고 씻겨 지지 않는 것을.

마음·12

그 마음 마음 안에 시뻘건 마음들이

때로 불이 되어 제 목숨 태우더니

앞산 위 큰 바위마저 금이 가게 하더구나.

마음에 숨어살던 열 두 뼘 긴 꽃뱀이

아버지 코를 물고 어머니 목을 물어

그래도 모자라는지 혀를 날름거린다.

마음·14

마음에 옹이 지면 그게 바로 업이거니
귤나무 강남에 심어 탱자 열리듯이
마음은 업보 덩어리 그 마음 풀어보렴.

마음 가는 그 길이 업을 따라 가는데

선업은 선업을 악업은 악업을 낳아

선과 악 울타리 넘어 해탈세계 게 있네.

천하의 명의 찾아 내 병을 묻고 싶다

아픈 데 없이 아파 온 세상 하얀 것을

마음에 뜸을 놓아 줄 선지식을 찾고 싶다.

우리들 마음속에 살아있는 과거는

덮어도 안 덮이고 감추어도 감출 수 없어

저절로 자라고 자라 때를 만나 나툰다.

한 방울 핏속에 전생들이 숨어 살고
또 한 방울 핏속에 무한 목숨 숨 쉬나니
오늘을 오늘이게 하고 내일까지 보탠다.

복에도 탁복(濁福)이 있고 청복(淸福)도 있나니

복 받을 이는 복 받을 일 놓치지 않아

올바른 마음 씀씀이 복은 들어앉는다.

마음 쓰는 일 뜻대로 되지 않는다
내 마음 내 뜻인데 마음대로 쓰지 못해
마음에 얽매인 채로 죄의 키를 재고 있다.

모양도 없는 것이 색깔마저 없더이다

잡을 수도 놓을 수도 없는 것이 마음인 걸

분명히 경계 따라서 선명하게 나툰다.

마음 · 22

검은 칠통 같아 한 치 앞을 보지 못해도
밝기가 태양 같아 누리를 훤히 밝힌다
우주가 태어나기 전에 소소영영 하더이다.

그 마음 보따리 속 하염없는 잡동사니
헬 수 없이 살아온 생 남겨졌던 사연들
낱낱이 제자리에서 제 모습을 드러낸다.

수없는 과거를 짊어진 이승에서

욕심을 더 보태어 어두워진 그 마음을

마땅히 팽개칠 수 없어 그 마음에 엉긴다.

마음은 빛이다 아름다운 빛이다

마음은 생명이다 거룩하고 위대하다

거기엔 시간과 공간 모두 뛰어넘는다.

마음은 힘이다 성스러운 에너지다
제 살림 접어두고 머슴살이 웬 말인가
영원히 쓰고도 남을 힘을 밝게 쓰시게나.

전생이 어디 있나 내생이 어디 있나

그 마음 마음속에 모두 모여 있는 것을

그 마음 밝게 벗으면 그게 바로 극락인 걸.

빛과 어두움은 함께 있지 못하나니
마음에 어둠 내몰면 그게 바로 빛인 것을
찬란한 빛을 등지고 어둔 길로 왜 가시나.

마음에 이끌려 살면 괴로운 삶이 되고
마음을 이끌고 살면 늘 즐거운 삶이라네
제 마음 빛으로 이끌고 앞서 떠난 현인들.

어두운 마음은 불행을 불러들이고

밝은 마음은 항시 행복의 길을 튼다

어둡고 밝은 그 너머에 열반세계 손짓하네.

어머니 몸 빌리기 전 내 모습 어땠을까
아버지 몸 빌리기 전 내 꼴 또한 어땠는지
한마음 무량한 업보 놓을 곳을 모르겠다.

마음에 마음 보태면 그게 중생이란다

마음에 마음 버리면 그게 보살이란다

보태고 버린 마음밖에 웃고 있는 진여를

마음은 업을 낳고 업은 인연을 길러

서로 감고 엉켜 업 타래를 이룬다

그 윤회 벗어나는 길 마음하기 나름이다.

미운 마음 일으켜 한세상을 지옥에

검은 마음 일으켜 한세상을 나찰(羅刹)에

그렇게 돌고 돌아서 하염없이 아득한 길.

한마음 깨끗하면 그게 바로 정토였다

따뜻한 마음자리 고쳐보면 극락이니라

그 번뇌 옷 벗은 자리 무량 청복 깃 사린다.

탐내는 마음에는 괴로움이 쌓여가고

성내는 마음에는 슬픔이 드리운다

탐내고 성내는 마음 그게 본래 빈자린데….

한마음 바로 쓰면 부처님 미소 짓고

한마음 잘못 쓰면 저승사자 눈총 맞네

멀쩡한 하늘 허공에 먹구름이 웬 말인가.

한마음 어리석어 욕심만 키웠더니

채워도 채워도 가시잖는 목마름만

어쩌면 짐승만 싶게 한 세상을 살고 간다.

한마음 모자라서 벌컥 화를 내 지른다
뱀 몸을 받았으니 누군들 이뻐하랴
습하고 어두운 길을 소리 없이 기어간다.

한마음 미련하여 남의 것 탐했더라

얻지도 쌓지도 못하고 썰렁한 나날

아침에 저녁을 걱정 목구멍이 포도청.

지중한 그 몸뚱이 마음의 그림자여

마음 떠나버린 육신은 차라리 송장

인연이 쌓이고 모아져 사바에서 머문다.

마음 밖에 부처 없고 부처 밖에 마음 없다

마음이 부처고 부처가 마음인 것을

이 마음 여의고 나면 찾을 부처 없겠구나.

한마음 일어나는 그 뿌리 살펴보면
텅 비어 색깔 없고 흔적마저 없는데
억겁의 무명 번뇌가 제 혼자서 웃는다.

마음 · 44

마음 닫고 보면 바늘 꽂을 틈이 없고

마음 열고 보면 용서 못할 흠이 없다

백 년도 못 되는 한세상 마음 열고 살으련.

마음·45

마음에 뜬금없이 담을 것도 없나니라

부처님 말씀까지 집착하지 말지어다

오로지 등 밝힌 마음 누리 밖에 살으리라.

지금의 그 마음 어디에 놓여 있나
제자리 놓이지 않아 마음 불편하다면
서둘러 반듯이 놓아 편한 삶을 누리렴.

이 세상 제일 추한 탐욕스런 그 마음

이 세상 아름다움 베푸는 따슨 그 마음

추하고 아름다운 그 너머 여여함을 누리리라.

마음·48

어두운 마음에는 보살의 말씀 담고

가난한 마음에는 부처님 말씀 담아

말씀과 말씀의 오솔길 그 마음 밝히렴.

마음을 보아라 그 마음을 보아라

성내고 화내고 하다가 문득 즐거운

왜 그리 그런 모양인지 그 마음을 보아라.

마음 바로 찾으면 천하를 다 얻는다

그 마음 잃으면 이 세상 죄다 잃는다

언다가 잃는 마음밖에 자성불이 웃는다.

마음 · 51

천년이 지난대도 고쳐보면 지금이요

억겁이 흘러가도 다시 보면 이제로다

지금의 이 마음자리 놓을 곳이 어디던가.

마음 · 52

과거는 저기만큼 이미 흘러갔는데

미래는 여기까지 아직 오지 않았네

오로지 오늘의 마음 그 마음을 찾으렴.

그 마음 움직임이 자기 뜻 아니로다

수없이 살아오며 쌓이고 모였나니

지금의 마음을 밝혀 움직이게 하리라.

보아도 보는 바 없는 마음 기르고

들어도 듣는 바 없는 마음 키워서

도무지 마음도 모르게 밝고 맑게 가꾸렴.

한 점 티 없는 깨끗한 마음속에

깊은 잠 자고 있는 보리심 돋우어서

마음의 빛을 밝히어 온 누리가 환하도록.

시시로 이어지는 마음의 흐름 속에

마음 없는 마음을 허공같이 텅 비워

자비의 대 광명 일궈 목숨부지 하게나.

마음 한 번 뒤척이면 산 빛이 깨어나고

마음 한 번 돌아서면 강물도 거슬러서

빈 가슴 때 묻지 않아 수미산을 넘는다.

마음에 때 닦아 보리심 자리 잡아

마음에 번뇌 쓸어 자성 불 자라도록

북돋워 가꾸는 행복 참된 섭리 찾으렴.

그 마음 어두워서 스스로 병 기르고

그 마음 밝고 밝아 나고 죽음 없나니

애당초 없는 괴로움 자아내어 야단이다.

보아도 보는 바 없는 그 마음 마음속에

선근이 자라고 공덕이 여물어서

괴로움 벗어나는 길 수희(隨喜)되어 챙겨라.

들어도 듣는 바 없는 적적한 마음자리

선업이 영글고 선연(善緣)이 어우러져

번뇌가 바닥이 나면 이거다 하고 사시게.

마음·62

마음을 헹궈보렴 지금 바로 살펴보렴

그 마음 마음속에 한량없는 마음이 자라

오늘을 있게도 하고 내일 또한 문을 연다.

마음 · 63

가을 하늘 같이 그 마음 비워보렴

비우고 또 비워 한 점 티끌 없을 때

신명은 누리를 덮어 새가 되어 날으리라.

어둔 마음 괴로움 낳고 그것이 인과 되어

돌고 돌아 되받는 하염없는 쇠사슬

그 고통 벗어나는 길 가늠하는 마음자리.

어리석은 이들은 자기 마음 숨기며 살고
지혜로운 이들은 자기 마음 밝히며 산다
이승은 마음 밝히는 해탈이란 요람이다.

보석이 따로 있나 그 마음이 보석인 걸

탐심에 가리우고 욕심에 묻혔지만

영겁을 쓰고도 남을 마음 줄에 꿰어보렴.

탐함은 물거품 욕심 또한 풀잎 이슬
헛된 마음 사라지면 참 마음이 눈을 뜨네
크나큰 누리의 자유 살맛나는 세상살이.

마음에 달빛 들면 보살로 태어나고

마음에 햇볕 들면 부처로 현신하는

달빛도 햇볕도 벗으면 그 얼굴이 참 사람.

마음 무거운 날 세상은 남의 것

마음 가벼운 날 세상은 내 안의 것

무겁고 가벼움 지나 무량세계 거기 있다.

이 마음 놓고 보니 세상이 편안하고

이 마음 펴고 보니 세상이 넓은 것을

이 마음 따뜻해지니 길이 살고 싶어진다.

그 육신 다 벗고 이 땅을 떠난다면

그 마음 내 몸 자리 하늘인가 허공인가

인연이 쌓이고 모여 또 한 생을 살으리라.

어제는 화나고 또 눈물까지 흘렸느니

그 마음 씻지 못해 하늘에 침을 뱉네

삭히지 못한 마음 하나 저승 가는 그림자.

한마음 일으켜 지어둔 전생 업보

바람 불고 비 내려도 녹아들지 못하더니

인연을 만나고 나면 불꽃같이 타오른다.

때 묻어 못 버린 마음 힘들고 괴로워라

깨끗한 마음 얻기 뜻 두고도 어려운데

하 그리 맑은 마음에 하염없는 밝은 지혜.

그 마음 그냥 두면 다시 밟는 모진 업보

윤회의 수레바퀴 멈출 수 있는 것은

다 비워 허공 같은 마음 대낮같은 그 마음.

마음이 마음 열면 희열이 다가서고

마음이 마음 닫으면 불행이 끈을 단다

행·불행 그 너머 도솔천 막힘없는 스스로움.

그 마음 그물에 걸려 생지옥 만들고
그 마음 벗어나면 신명나는 세상일새
스스로 못 벗는 마음 아등바등 더딘 시름.

욱 하는 그 마음엔 전생의 긴 그림자
모양 없이 숨어 살다 때 되면 나투는가
버리면 아름다운 걸 못 버리면 추하다네.

내 마음 마음속에 무엇이 숨었기에

때로는 즐거워하고 때로는 눈물일까

먹구름 걷히고 나면 햇볕 쨍쨍 쬐는 것을.

마음이 무거운 날은 꽃도 예쁘지 않다
마음이 맑은 날엔 돌 보고도 웃음 돈다
다스려 미쁜 마음에 들어앉는 이 풍요.

선승의 만행가(卍行歌) 엿보기

尹石山(시인, 제주대 교수)

1.

저는 시조를 쓰는 사람이 아닙니다. 그리고 절에 가서 불공을 드리고 태어났지만, 불교에 대해서도 별로 아는 바가 없습니다. 그런데도 석성우 스님께서 '11번째' 펴내는 이 시조집의 발문을 쓰는 데는 그럴 만한 사연이 있기 때문입니다.

그러니까, 10여 년 전 시조시인 이상범(李相範) 선생님을 뵈러 <토방>이라는 출판사에 갔을 땝니다. 참선하다가 문득 80편의 시조가 떠올라 썼다는 스님을 소개하고, 작품집으로 엮으려고 하니 해설이나 발문을 써줄 수 없겠느냐고 하신 게 발단이 되었습니다.

물론, 그때 제겐 그럴만한 여유가 없었습니다. 지금도 그때 벌인 일 때문에 골머리를 앓고 있지만, 문학 작품들을 영구 보존해서 후손들에게 읽히려고 <한국디지털종합도서관>을 구축하기 시작한 때라서 어지간한 일은 피하고 싶었습니다.

그럼에도 불구하고 응락했던 것은, 도를 닦는 스님의 마음을 엿보고 싶다는 충동과, 그러는 과정에서 날로 속되고 길어지는 제 작품들이 선시(禪詩)를 닮을 수 있지 않을까 하는 어리석은 기대와, 현대시가 시조의 '전통성'과 '절제성'과 '한국적 정서'를 받아들이지 않으면 점점 더 독자로부터 멀어지리라는 생각 때문이었습니다.

그런데 우송해 온 원고를 읽는 순간, '아, 이게 아닌데…'라는 생각이 들었습니다. 여러분들도 이 시집을 읽어보면 아실 테지만, 선방(禪房) 툇마루에 떠다 놓은 지 며칠 되는 냉수처럼 밍밍한 스님 시에 해설 같은 글은 군더더기에 불과하다는 생각이 들었기 때문입니다.

막막해서 며칠 동안 책상머리에 미뤄놨지요. 그런
데 시간이 흐를수록 읽은 작품들이 한 편씩 떠오르는
겁니다. 그러면서, 왜 시집 이름을 『마음』이라고 붙
였을까, 왜 각 편의 제목을 문장 대신 숫자로 붙였을
까, 그리고 왜 모든 문장에서 수식어를 지웠을까 하
는 의문들이 꼬리를 무는 겁니다.

그리고 그러는 과정에서 떠오른 제 생각들을 독자와
시인들에게 전할 필요가 있다는 쪽으로 생각이 바뀌기
시작했습니다. 시란 '낯설게 만들기(defamiliarization)'
라면서 '기상(奇想)'과 '절연(絕緣)'을 앞세우는 현대시
에 질린 독자들에게는 이런 시도 있다는 것을 알리고,
다른 시인들에게는 그런 방향이 과연 옳은가 함께 생
각해보자고 제안하고 싶었습니다.

2.

처음에는 시집 이름을 『마음』이라고 붙이고, 각
작품의 제목을 숫자로 대신한 것은 솔직히 말해 좀
성의 없다고 생각했습니다. 시집 이름이나 작품의

제목은 독서를 유인하고, 이야기의 방향을 암시하는 장치인데 모두 너무 밋밋하다는 생각이 들었기 때문입니다.

그러다가 마음은 시시각각으로 변하지만 거시적인 관점에서 보면 크게 달라지는 게 아니고, 또 연속성을 지니기 마련인데, 제목으로 구분하는 것은 이런 연속성을 파괴할 뿐만 아니라, 본모습에서 멀어진다는 생각에 그랬으리라는 결론에 도달하였습니다.

이런 제 추측이 과히 틀리지 않다는 것은 이 시집의 첫머리에 실린 다음 작품들을 살펴봐도 확인할 수 있을 것입니다.

마음 · 1

마음 속 즐거움과 괴로움이 함께 있어
그 마음 잘 다스려 행복을 얻고자 했다
따뜻한 마음 씀씀이 내 운명의 두 갈래.

마음 · 2

허공에 길 없듯이 마음에 길이 없나니
길 없는 길 위에서 길 잃은 나그네들
스스로 마음자리에 등불 밝힌 삶의 길.

우리는 흔히 '행'과 '불행'을 별개라고 생각합니다. 그리고 '있음'과 '없음'도 마찬가지입니다.

이런 구분은 데카르트식 이분법적 사고의 결과로서, 동양의 '융합적 사고' 특히 불교적 가치관에서 보면 '있는 것은 없는 것이고, 없는 것은 있는 것(色卽是空 空卽是色)'입니다. 그리고 설혹 구분된다고 해도 그 기준은 '모두 마음이 만들어낸(一切唯心造)' 것일 뿐입니다. 따라서 말로 제목을 만들어 구분하는 것은 마음의 본 모습에서 멀어진다는 생각에 그리 하셨으리라고 생각했습니다.

그 다음, 수식어를 제거한 문장에 대해 생각해 보기 시작했습니다. 우리가 글을 쓰는 것은 무엇인가 이야기하고 싶은 욕망 때문입니다. 그리고 그런 욕망은 자신을 강화하려는 욕망에서 출발하며, 그 결과는 비유나 수식으로 나타나기 마련입니다.

그런데 스님의 작품에서는 자신도 모르게 무심코 사용할 법한 관습적 수식이나 비유까지 찾아보기가 어렵습니다.

따라서 의도적으로 삭제한 결과라고 보아야 할 것입니다. 다음 작품만 해도 그렇습니다.

모양도 없는 것이 색깔마저 없더이다
잡을 수도 놓을 수도 없는 것이 마음인 걸
분명히 경계 따라서 선명하게 나툰다.

　이 작품은 '있음 : 없음' 또는 '잡음(소유) : 놓음
(무소유)'을 화두로 삼아 선을 하다가 떠올리신 모양
입니다. 그리고 의식적으로 동일한 것이라고 생각하
면서도 무심코 생각하면 '경계'가 그어져 어느 쪽을
택할까 갈등을 느끼셨던 모양입니다.

　이런 상반된 것들이 갈등을 일으킬 때에는 양쪽
의 이미지와 관념들은 이야기의 표면으로 툭툭 튀
어나오기 마련입니다. 그리고 그런 것들이 충돌하면
서 만들어내는 인상이나 갈등을 표현하려면 비유하
거나 수식하기 마련입니다. 그런데 이 작품의 문장
들이 직서(直敍)에 가깝다는 것은 의도적으로 지웠
다고 보아야 할 것입니다.

　물론, 이와 같이 문장을 평면적으로 조직하는 것은
상찬할만한 일은 아닙니다. 전경화(fore-grounding)
되는 부분이 없어져 독자들이 주의를 기울이지 않고
'자동적'으로 읽기 때문입니다. 그런데도 스님은 지

울 수 있는 것들을 모두 지워 평면화 하고 있습니다.

그렇다면 왜 도드라지려는 것들을 제거했을까, 혹시 어휘들이 환기시키는 사물성(thingness)의 등급을 터득하지 못한 것은 아닐까 생각해 봤습니다. 그러다 시작(詩作) 경력이 40년이 넘고, 아니 시조 작단에서 지도적인 위치인 분이 의도적으로 지웠다는 것은 어떤 부분을 강조하거나 약화시키는 것이 역시 마음의 본 모습을 왜곡시킨다는 생각에 그러셨으리라고 추측했습니다.

이런 추측이 타당하다는 것은 이 시집 도처에서 발견되는, 군더더기를 제거해야 '참 마음'에 도달할 수 있다는 구절들을 미루어서도 확인할 수 있습니다. 그리고 다음 작품을 분석해 봐도 확인할 수 있습니다.

마음 · 44

마음 닫고 보면 바늘 꽂을 틈이 없고
마음 열고 보면 용서 못할 흠이 없다
백 년도 못 되는 한 세상 마음 열고 살으렴.

이 작품은 각 장을 <기준 음절(N)±1음절> 안의 음보로 조직하여 아주 원활하게 읽힐 것으로 기대됩니

96

다. 하지만, 초장이나 중장의 경우, 밑줄 친 '마음'에 조사 '을'을 첨가해야 자연스럽게 읽힙니다. 그리고 종장은 반대로 밑줄 친 '한'을 삭제해야 자연스레 읽힙니다. 그러니까 한 음절을 첨가할 곳은 삭제하고, 삭제할 곳은 첨가해서 리듬을 파괴하고 있습니다.

솔직히 말해, 처음 초장을 읽었을 때는 무심코 '을'을 첨가해 읽었습니다. 그러다가, 오독임을 발견하고 부주의로 빠뜨린 게 아닌 가 생각했습니다. 다시 중장에도 빠졌음을 발견하고 도 닦는 스님이라서 불필요한 음절을 모두 생략한 게 아닌 가 속단했습니다.

그런데 다시 종장 둘째 구에 관형사 '한'을 발견하고 당황하면서 스님의 시학을 짚어볼 실마리가 아닌 가 생각하고, 조사 '을'과 관형사 '한'을 생략한 경우와 추가한 경우의 리듬을 분석하여 대조해 봤습니다.

조사 '을' 의 경우

ⓐ 마음을-/ 닫고 보면-// 바늘 꽂을-/ 틈이 없고--
ⓑ 마음 닫고 보면 / 바늘 꽂을-/ 틈이 없고--

관형사 '한' 의 경우

ⓒ 백년도-/ 못 되는 한 세상 // 마음 열고-/ 살으렴--

ⓓ 백년도-/못 되는 세상-// 마음 열고-/ 살으렴--

　위에서 보는 바와 같이 ⓐ처럼 조사 '을'을 첨가하면 첫 음보는 상승조가 되고, 둘째 음보는 하강조가 되어 아주 리드미컬하게 읽힙니다. 그러나 '을'을 생략하면 2음절로 된 3개의 단어를 한 음보처럼 읽어야 하기 때문에 어떻게 읽어야 할지 망설이고, 그로 인해 리듬이 깨지고 맙니다.

　종장의 경우도 마찬가지입니다. 국어에서 한 음보로 읽을 수 있는 최대 음량은 5음절입니다. 그런데 6음절이라서 다른 음보로 분리되려고 하고, 그렇게 나누어 읽으면 대응하는 짝이 없는 5음보가 되어 리듬이 깨집니다.

　이렇게 리듬 중심으로 생각하면 한 음절을 추가했거나 생략한 것은 잘못입니다. 그러나 그로 인해 다른 효과를 거두고 있습니다. 그러니까 ⓐ처럼 읽으면 '을'에 강세가 붙어 장음화되고, 의미가 없는 허사이기 때문에 '마음'에 의미의 초점이 모아집니다. 또 ⓑ처럼 읽으면 뒤 음보 말의 '면'이 장음화되면서 마음을 닫은 뒤의 심리적 상태에 초점이 모아집니다.

　또 관형사 '한'의 경우도 마찬가지입니다. ⓒ처럼

'한'을 집어넣으면 '백 년도 / 못되는 / 한 세상'을 3음보로 읽으려고 하기 때문에 '한'에 강세가 붙어 '한 세상'에 의미의 초점이 모아집니다. 그리고 ⓓ처럼 '한'을 빼면 전체가 4음보로 바뀌어 리드미컬하게 읽힙니다. 이와 같이 리듬을 파괴한 것은 화자(話者)의 발언대로 받아들이게 만드는 리듬을 파괴했기 때문입니다.

하지만 스님이 한 음절을 삭제했거나 추가한 것은 자기 말을 강조하기 위해서만은 아닌 것으로 보입니다. 그보다는 오히려 가급적 군더더기를 배제하되 어법의 본질까지 조작하지 않으려는, 감각을 만족시키기 위해 본질을 다치지 않으려는 의도에서 그런 것으로 보입니다.

3.

여기까지 생각한 저는 다시 스님이 발견한 마음과 우주의 모습이 어떤 것인가 알아보고 싶었습니다. 그리하여, 제 나름대로 추측하며 읽는 방식을 포기하고 작품이 지시하는 대로 읽기 시작했습니다.

이 과정에서 제일 먼저 제 관심을 끈 작품은 다음
두 편입니다.

마음·57

마음 한 번 뒤척이면 산 빛이 태어나고
마음 한 번 돌아서면 강물도 거슬러서
빈 가슴 때 묻지 않아 수미산을 넘는다.

마음·63

가을 하늘같이 그 마음 비워보렴
비우고 또 비워 한 점 티끌 없을 때
신명은 누리를 덮어 새가 되어 날으리라.

이 두 작품에는 앞에서 말한 것과는 달리 수식이나
비유로 읽을 수 있는 부분이 있습니다. 「마음·57」에
서 '마음'을 뒤척이면 '산 빛'도 달라지고, '강물'도
거꾸로 흐른다는 부분과 「마음·63」에서 '가을 하늘
같이'와 '새가 되어'가 그런 부분입니다.
　그러나 이들은 모두 산문적 비유(prosodic metaphor)'
에 해당하는 활유나 직유입니다. 그러니까 앞의 것
은 '모든 것은 마음이 만들어낸다'라는 불교적 세계

관의 환언이고, 뒤의 것들은 이미 굳어버린 습관적 비유로서 모두 직서(直敍)로 보아도 무방합니다.

제가 이 두 작품에서 주목한 것은 마음이 '산'이나 '강물'을 움직일 수 있다는 발언입니다. 아니, '마음'이 움직이는 게 아니라, '산=강물=새=나'는 하나로 보고, 그리 되기 위해서는 마음을 '비우고 또 비워'서 '빈 가슴'되어야 한다는 발언입니다.

우선 모든 것들을 동일체로 보는 것은 이 세계를 '진여(眞實如常, ta-thátá)'로 보고 있음을 의미합니다. 다시 말해, 만상(萬象)은 '일체'이고 '평등'하며 또한 '무상'으로 인식하고 있습니다. 그리고 그 본질은 너무 깊고, 아득해서 분별이 불가능하다는 생각을 담고 있습니다.

이런 세계관은 '너'와 '나'를 구분하고, 너인 대상을 객관적인 거리에서 '분석'하고 '지배'하려는 이 시대의 세계관과 전혀 다른 것이라고 할 수 있습니다.

또 마음을 비워야 한다는 발언은 '세속적 깨달음(俗諦, sammutisa-cca)'을 버려야 한다는 이야기로 해석할 수 있습니다. 만상은 모두 같은데, 구분해서 얻은 결과가 세속적 깨달음이고, 그런 깨달음을 담고 있는 그릇이 마음이기에 비워야 한다는 것입니다.

하지만, 인간은 좀처럼 마음을 비우려 하지 않습니다. '세속적인 깨달음'을 버리고 '참다운 깨달음(眞諦, paramtha-sacca)'에 따르다보면 유한한 나는 끝없이 일렁이는 진리의 심연에 빠져 사라져버린다고 생각하기 때문입니다. 그로 인해 속제(세속적 깨달음)한 것을 포기하기보다는 또 다른 세상을 기다리는 게 보통입니다.

하지만 스님은 또 다른 세상을 기다리는 것 역시 부질없다고 보고 있습니다.

마음·51

천 년이 지난대도 고쳐보면 지금이요
억 겁이 흘러가도 다시 보면 이제로다
지금의 이 마음자리 놓을 곳이 어딘가.

이 작품은 세 개의 시간대로 짜여져 있습니다. 그리고 사람들은 시간대에 따라 만상의 모습이 달라지리라고 생각합니다. 그러나 스님은 그렇게 보이는 것은 '가상(假相)'일 뿐, 진리의 눈으로 보면 천 년 전도 억겁 후도 '지금'과 같다는 겁입니다. 그러므로 '지금

102

의 이 마음'을 비우지 않으면 '놓을 곳'이 없다고 합
니다.

　이런 제 해석을 주목하는 독자들은 아마 왜 세속적
인 깨달음을 버리고 진여(眞如)에 도달하여야 하는가
하는 문제에 부딪히게 될 것입니다. 그리고 불교에서
말하는 '보살'이나 '부처'가 되기 위해서가 아닐까
생각할 겁니다. 그러나 스님의 생각은 다릅니다.

마음 · 68

마음에 달빛 들면 보살로 태어나고
마음에 햇빛 들면 부처로 현신하는
달빛도 햇빛도 벗으면 그 얼굴이 참 사람.

　이 작품에서 '달빛'이나 '햇빛'은 불법(佛法)으로
볼 수 있습니다. 그러니까 마음에 불법이 들어와야
보살이나 부처가 될 수 있다는 겁니다. 그리고 그마
저 버려야 '참사람'이 된다는 겁니다. 보살이나 부처
는 '참 사람' 가운데 하나일 뿐 '참'은 아니라는 생각
에서일 겁니다.

　그렇습니다. 소크라테스나 플라톤 식으로 말하면,
'참'은 이데아(Idea)의 세계이고, 그 이데아를 구현한

현상적 존재가 보살이나 부처이므로 그를 모방하는
것은 진리에서 한 단계 멀어진 상태를 모방하는 것이
라서 부처나 보살에서 벗어나야 한다는 이야기로 해
석할 수 있습니다.

　그렇다면 '참'은 우리에게 어떤 의미를 지니고 있
는 것일까요? 나를 위해서인가, 아니면 타자를 위해
인가요? 다음 작품을 읽으면서 스님의 답을 들어보
기로 합시다.

마음 · 70

이 마음 놓고 보니 세상이 편안하고
이 마음 펴고 보니 세상이 넓은 것을
이 마음 따뜻해지니 길이 살고 싶어진다.

마음 · 80

마음이 무거운 날엔 꽃도 예쁘지 않다
마음이 맑은 날엔 돌 보고도 웃음 돈다
다스려 미쁜 마음에 들어앉는 이 풍요.

　사람들은 흔히 진리 · 선 · 의 같은 것들은 타자를
위해 행한다고 생각합니다. 그를 행하자면 세속적인

자아를 포기해야 하기 때문입니다. 그러니까 정신적 만족을 얻을 수 있을지 모르지만, 아니 정신세계도 심각한 혼란을 겪어야 할 뿐만 아니라, 눈에 보이는 많은 것을 잃기 때문입니다.

그러나 스님의 생각은 다릅니다. '마음이 무거운 날'에는 객관적으로 아름다움의 상징인 '꽃'도 예쁘지 않게 보이지만, 욕심을 버리면 이쁘지 않은 '돌'을 보고도 '웃음'이 감돌아 누구나 고해라는 이 세상에 길이 살고 싶어진다는 것입니다. 다시 말해, 타인을 위해서라기보다 나를 위해서 진아(眞我)에 노닐해야 한다는 게 스님의 생각입니다.

4.

이렇게 작품을 읽고 나자 저도 도(道)나 선(善)은 수식의 문제가 아니라는 결론에 도달하게 되었습니다. 그리고 이어서 이 시대의 욕망주의 문화와 타협하기 위해 온갖 기교를 다 동원하는 제 작품을 비롯해 저와 비슷한 방식을 취하는 다른 분들의 작품이 과연 바람직한가 하는 생각이 들기 시작했습니다.

　그러면서도 한편으로 도나 선은 '앎의 문제'가 아
니라 '실천의 문제'라는 생각이 들어 저항하고 싶었
습니다. 그러다가 마음이 깨끗한 자는 말이 담백하
고, 말이 담백한 것은 행함을 염두에 두셨기 때문이
라는 생각에 이르러 이 발문을 쓰기 시작했습니다.
　축하드리는 뜻에서 저도 스님 어법을 빌어 시 한
편을 올리겠습니다.

　스님!
　제주 한 번 오세요.
　가난해서 공양할 게 없으나
　눈부시게 푸른 바다 위에 댓잎자리 깔고
　그 푸르디 푸른 기운 한 바가지 떠서 올리며
　스님의 말씀으로 속제(俗諦)를 비우고 싶습니다.
　바쁘시면 꿈 속 산책길에라도 잠깐 오세요.

　경하, 경하, 경하, 경하, 경하, 경하 올립니다.

　　　　　제주에서 속물시를 쓰는 尹石山 합장

106

마음

지은이 / 석성우

펴낸이 / 金映希

펴낸곳 / 도서출판 土房

2012년 3월 15일 초판 1쇄 발행

2015년 9월 10일 초판 2쇄 발행

등록 1991. 2.20. 제6-514호

서울특별시 성북구 북악산로 746. 101-1303

전화 766-2500, 747-4588

팩시밀리 747-9600

e-mail / tobang2003@hanmail.net

ⓒ석성우, 2012

ISBN 978-89-87066-89-9 03810